L'AMITIÉ

DISCOURS EN VERS LIBRES

PAR

P. CAPELLE.

Et tu serais la Volupté
Si l'homme avait son innocence.
BERNARD, *Castor et Pollux.*

Prix : 1 franc.

PARIS

LIBRAIRIE D'AMYOT

8, RUE DE LA PAIX.

—

1850

L'AMITIÉ

L'AMITIÉ

DISCOURS EN VERS LIBRES

PAR

P. CAPELLE.

Et tu serais la Volupté
Si l'homme avait son innocence.

BERNARD, *Castor et Pollux*.

PARIS

LIBRAIRIE D'AMYOT

8, RUE DE LA PAIX.

1850

L'AMITIÉ

Et tu serais la Volupté
Si l'homme avait son innocence.

BERNARD, *Castor et Pollux*.

§ I.

Au milieu des grandeurs, des plaisirs, des amours,
Vous qui cherchez encore et désirez toujours,
Et vous, dont l'âme en proie aux chagrins, aux alarmes,
    Voulez fortifier les armes
    De la Raison qui vous conduit,
Affaiblir la rigueur du sort qui vous poursuit,
Faites choix d'un ami. Mais, dédaignant l'usage,
Qui prodigue ce nom de mutuel bonheur,
Ne le donnez jamais, nous dit un vieil adage,
Sans avoir consulté la prudence et l'honneur.
« Tel souvent dont l'aspect ou l'esprit nous engage,
« Compose son maintien, adoucit son langage,

« Et de la flatterie empruntant les accens ,
« Jusques à nos défauts cherchant à rendre hommage,
« S'empare de nos cœurs en séduisant nos sens[1]. »
Pour choisir un ami réfléchissez longtemps ;
    De l'Amitié c'est un précepte sage ;
Mais que la confiance et la sincérité
Forment, serrent les nœuds de votre intimité.
Franche dans ses discours , évitant le mystère ,
Cette fille du ciel, qui console la terre,
        A pour devise *Vérité*.
        Sa voix, annonçant la bonté,
Pénètre en nous plus tard que celle de son frère.
L'un accourt follement, et l'autre délibère.
L'amitié ne peut être un caprice léger,
        Ni ce délire passager
        Qui, portant le trouble en notre âme,
D'une invincible ardeur par accès nous enflamme,
Écarte loin de nous la raison et la paix,
Vient, s'en va , revient, part , et souvent pour jamais.

        Si, comme une mer orageuse,
Que le souffle d'Éole agite nuit et jour,
Nos poëtes anciens nous ont dépeint l'amour,
L'amitié, plus tranquille et bien moins périlleuse,
Pourrait être, je crois, comparée à son tour
        A ce ruisseau lent et paisible ,
Dont l'origine à peine attache le regard,

---

[1] L'abbé de Villiers, poëme sur l'Amitié.

Et dont l'accroissement se montre plus sensible
A mesure qu'il fuit de son point de départ.

Heureux sont les mortels qu'un même vœu rassemble
Et qui nomment Amour leur unique vainqueur ;
Mais plus heureux encor, plus heureux, ce me semble,
    Ceux qui dans le fond de leur cœur,
Jaloux de leur destin, laissent régner ensemble
        Et le frère et la sœur !
Ce mélange constant de transports, de douceur,
Ce bonheur des amants, seul vrai, seul désirable,
Nourri d'un feu secret qui l'accroît chaque jour,
    S'épure, devient plus durable,
    Et les enchaîne sans retour.
Il n'est sans amitié de véritable amour [1].

Pour calmer les chagrins que nous cause l'absence,
    Pour adoucir les maux de l'inconstance,
Qu'en riant quelquefois ce Dieu nous fait souffrir,
Dans les bras de sa sœur on nous voit accourir ;
C'est elle qui répand dans notre âme asservie
Ce baume consolant qui seul peut la guérir.
    Si l'Amour nous donne la vie,
    L'Amitié nous la fait chérir.

[1] Douce Amitié, sous votre empire,
  Le ciel a fixé le bonheur;
  Vous êtes la raison du cœur,
  L'amour n'en est que le délire.
RIVAROL.

Oui, tendre sympathie, objet de nos hommages,
Attrait de tous les temps, plaisir de tous les âges,
Au bien que tu nous fais nul bien n'est ressemblant !
Ton pouvoir infini confond les lois humaines ,
Qui ne peuvent offrir aucun équivalent.
Libre au sein des grandeurs, ou pauvre dans les chaînes,
L'homme serait toujours (plein d'illusions vaines)
Moins épris de la vie, ou bien plus dépendant,
S'il n'avait ici-bas un secret confident
    De ses plaisirs ou de ses peines [1].
Ainsi, quand la Fortune a comblé tous nos vœux,
Sans un fidèle ami nous sommes moins heureux ;
    Son cœur, partageant notre joie,
Augmente le bonheur que le ciel nous envoie ;
Et si la main du sort s'appesantit sur nous,
Il l'arrête, ou nous aide à supporter ses coups.
Par une volonté divine , impénétrable,
    Dans la splendeur ou dans l'adversité,
    L'homme, en tous lieux, inquiet, agité ,

---

[1] « J'étais étonné autrefois, dit Saint-Évremond, de voir tant
de confidents et de confidentes sur notre théâtre ; mais j'ai trouvé
à la fin que l'usage en avait été introduit fort à propos ; car une
passion dont on ne fait aucune confidence à personne, produit
plus souvent une contrainte fâcheuse pour l'esprit, qu'une volupté agréable pour les sens. On ne rend pas un commerce
amoureux public sans honte, on ne le tient pas fort secret sans
gêne. Avec un confident, la conduite est plus sûre, les inquiétudes deviennent plus légères , les plaisirs redoublent , toutes
les peines diminuent.

« Les poëtes, qui connaissent bien la contrainte que nous
donne une passion cachée, nous en font parler aux arbres, aux

Succombe, s'il ne trouve un ami secourable
Pour soutenir le poids qui l'élève ou l'accable [1].

L'immortelle Amitié règne sur tous les rangs,
Sa puissance comprend l'immensité des mondes :
Monarques et sujets, soldats et conquérants,
Au milieu des cités. dans les camps, sur les ondes,.
Sur le sommet des monts, dans les grottes profondes,
     Et quelquefois même à la cour,
Tout cède à son pouvoir, son charme persuade.
Les dieux, l'antiquité, nos siècles, chaque jour
Attestent ses bienfaits. La céleste Iliade,
Consacrant l'amitié d'Oreste et de Pylade,
Lui donne plus de prix qu'au véritable amour.
Auprès d'Homère, assis dans l'éternel séjour,
     Euripide, Sophocle, Eschyle,
Interprètes fameux de Troie et d'Ilion,
Ces chantres renommés de Patrocle et d'Achille,
En célébrant leur gloire et leur franche union,

ruisseaux, aux vents même, croyant qu'il vaut mieux dire ce qu'on sent aux choses inanimées, que de le tenir secret, et se faire un second tourment de la contrainte et du silence. »

Le même auteur compare l'amour à une donation pure et simple, et l'amitié à une donation mutuelle. Je dis, moi, que l'Amitié et l'Amour doivent s'aimer comme deux frères qui ont une succession à partager.

[1] « Dans la prospérité nous devons, dit Saint-Lambert, redoubler pour notre ami d'égards et de condescendance; dans ses afflictions nous devons oublier notre joie jusqu'au moment où il peut jouir de la sienne. »

Osèrent-ils jamais diviser la couronne
Offerte à ces héros par les mains de Bellone,
Et que du chêne vert formèrent de moitié
L'orgueilleuse Victoire et la simple Amitié?
Apelle, en nous montrant les combats d'Alexandre,
Plaça près du grand roi son ami le plus tendre,
Le noble et digne objet de son affection,
Et, depuis trois mille ans, nul pinceau ne retrace
Les exploits glorieux du vainqueur de la Thrace,
Sans mettre à ses côtés le sage Éphestion.

Je pourrais, en parlant d'Athènes et de Rome,
    De ce sentiment généreux
    Que Dieu mit dans le cœur de l'homme,
Citer en ce discours des exemples nombreux;
Mais tant d'autres l'ont fait; que dirai-je après eux [1]?

---

[1] Après l'exemple d'Oreste et de Pylade, que tout le monde connaît, je crois devoir citer ceux-ci :

Deux philosophes de la secte de Pythagore, Damon et Pythias, étaient unis par les liens d'une amitié si étroite et si constante, qu'ils étaient disposés à mourir l'un pour l'autre. Denys l'ancien, tyran de Syracuse, condamna Damon à la mort. L'infortuné supplia le prince de lui permettre d'aller passer quelques jours dans sa famille pour régler ses affaires, promettant de revenir. Denys y consentit, à condition que Pythias resterait caution de son retour. Ce généreux ami se rendit volontiers dans la prison publique. Tout le monde, et le tyran surtout, attendaient avec impatience le dénouement de cette scène intéressante. Le jour fixé pour le supplice approchait, et Damon ne revenait point. On blâmait la folie du jeune téméraire ; on plaignait son aveugle tendresse. Déjà le peuple s'assemblait en foule; déjà l'on se

Parmi les traits choisis d'une amitié fidèle
Chez nous Richard, Blondel, sont encore un modèle
De cet heureux lien par les grands cœurs chéri [1] ;
Et le héros vaillant de Coutras et d'Ivri,

préparait à conduire l'innocent Pythias à la mort : tout à coup
Damon arrive; Damon délivre son ami. Syracuse étonnée pousse
des cris et demande la grâce du criminel. Le tyran la lui donne
sans peine; et, touché d'une fidélité si étonnante, il prie ces
deux *amis* de le recevoir en tiers dans une si belle union.

Deux Arcades, étroitement liés par les nœuds de l'amitié,
voyageant ensemble, arrivèrent à Mégare, ville de la Grèce.
L'un alla, par droit d'hospitalité, loger chez un citoyen de la
ville, et l'autre dans une hôtellerie. Celui qui logeait chez le
citoyen vit en songe son ami qui, se débattant dans le piége où
le cabaretier l'avait entraîné, le priait de venir promptement le
soustraire au danger qui le menaçait. Éveillé par ce rêve funeste, il se lève et se dispose à courir à l'hôtellerie; mais aussi-
tôt, par une espèce de fatalité, croyant avoir cédé à une illu-
sion mensongère, il se remet au lit et se rendort. A peine ses
paupières sont-elles fermées qu'il aperçoit son ami, blessé,
couvert de sang, qui, d'une voix lamentable, le supplie, puis-
qu'il a refusé de le secourir vivant, de ne pas refuser au moins
de venger sa mort : actuellement même, son corps, massacré
par le cabaretier, est conduit, couvert de fumier, dans un chariot à la porte de la ville. Cette vision, plus effrayante encore
que la première, interrompt tout à coup son sommeil, le trouble,
alarme sa tendresse. Il vole à la porte désignée, arrête le chariot
qu'il avait vu dans son songe, conduit le cabaretier au magistrat,
et venge, par le supplice du coupable, l'assassinat de son ami.

Il est donc vrai que l'*amitié* fait naître entre ceux qui l'éprou-
vent réellement cette sympathie physique dont la nature paraît
fournir quelques exemples! (Lisez la fable des *Deux Amis* par
La Fontaine.)

[1] Peu de personnes connaissent le sujet historique d'après le-

> Dont le cœur aux plaisirs ne fut jamais rebelle,
>   Le vert galant, le bon Henri

quel Sedaine a composé son opéra de *Richard Cœur de lion*.
Le voici : Richard Ier, roi d'Angleterre, fils de Henri II et d'É-
léonore de Guyenne, né à Oxford en 1157, était en même temps
comte de Poitou et duc de Normandie. En ces qualités, il assista
aux croisades; mais la troisième (celle de 1191) fut pour lui une
source de revers très funestes. Il y alla avec Philippe-Auguste,
et l'un et l'autre y firent des prodiges de valeur; mais la divi-
sion s'était mise dans les armées. Richard, après avoir fait
une trêve de trois ans avec le sultan Saladin, s'en retourna l'an-
née suivante (nous sommes forcés de le dire) avec plus de
gloire que Philippe-Auguste, mais d'une manière moins pru-
dente. Il partit de Ptolémaïs (Saint-Jean-d'Acre) avec un seul
vaisseau. Il fit naufrage sur les côtes d'Istrie. Il continuait sa
route par terre, déguisé en pèlerin, par les États de Léopold,
duc d'Autriche, lorsque ce prince le fit arrêter, le 20 décem-
bre 1192. Une querelle qu'ils avaient eue au siége d'Acre les
rendait ennemis implacables. Richard y avait foulé aux pieds
un drapeau de Léopold. Henri VI, empereur de la maison de
Souabe, n'était pas moins irrité contre le roi d'Angleterre, allié
de Tancrède, qui avait usurpé sur lui la couronne de Sicile. Il
obtint de Léopold que cet illustre prisonnier fût remis entre ses
mains; et, après lui avoir fait subir quatorze mois de captivité,
Léopold vendit Richard à Henri, qui le traita indignement, et ne
le mit en liberté, non pas après y avoir été contraint par la force
des armes anglaises comme dans l'opéra, mais après avoir
exigé et reçu une rançon de 100,000 marcs d'argent. Il mourut
après avoir fait la guerre à Philippe-Auguste, le 6 avril, à qua-
rante-deux ans.

Rien n'est plus singulier que la manière dont on découvrit
le lieu où Richard était emprisonné. Voici ce que Fauchet ra-
conte, d'après une vieille chronique, au sujet de Blondel de
Nesle, troubadour et fidèle ami du roi captif :

Aurait sacrifié l'amour de Gabrielle
A la tendre amitié qu'il avait pour Sulli [1].

Je ne puis oublier dans ma nomenclature
    Ce philosophe simple et pur,
    Formé des mains de la nature
Pour instruire l'enfance et charmer l'âge mûr.
    L'auteur naïf, inimitable
    De *Joconde* et de la *Fourmi*,

« Si avint qu'il arriva d'aventure à une ville assez près du
« chastel, où son maistre le roi Richard estoit, et demanda à
« son hoste à qui estoit ce chastel, et l'hoste lui dit qu'il estoit
« au duc d'Autriche ; puis demanda s'il n'y avoit nuls prison-
« niers, car toujours s'en enqueroit où qu'il allast. Et son hoste
« lui dict qu'il y avoit un prisonnier, mais il ne sçavoit qui il
« estoit, fors qu'il y avoit esté bien plus d'un an. Quand Blondel
« entendit ceci, il fist tant qu'il s'accointa d'aucuns de ceux du
« chastel, comme ménestrels s'accointent légèrement. Mais il
« ne pust voir le roi, ne sçavoit si c'étoit il. Si vint un jour au
« droit d'une fenestre de la tour où estoit le roi Richard pri-
« sonnier, et commença à chanter une chanson en françois, que
« le roi Richard et Blondel le troubadour avoient une fois faicte
« ensemble. Quand le roi Richard entendit la chanson, il con-
« nut que c'estoit son ami Blondel ; et quand Blondel eut dicte
« la moitié de la chanson, le roi se prist à dire l'autre moitié
« et l'acheva. Et ainsi sçut Blondel que c'étoit le roi son maistre.
« Si s'en retorna en Angleterre, et aux barons du pays, conta
« l'aventure. » Richard fut délivré.

[1] *Sçavez-vous, madame*, disait Henri IV à Gabrielle, qui
avait voulu le brouiller avec Sully, *que je préférerais un ami
comme lui à cinquante maîtresses comme vous !...* Quand les rois
ont une semblable volonté, l'histoire leur pardonne leurs fai-
blesses.

Fut, tout en composant et le conte et la fable,
    Homme franc et sincère ami.
Lorsque du grand Louis la puissance hautaine,
Excitée à la cour par des hommes pervers,
Disgracia Fouquet pour des motifs divers[1],
      Notre Jean La Fontaine
      Lui consacra des vers
Dont on admire encor l'art et la noble audace[2].
    Mais, perdant tout espoir de grâce,

[1] Nicolas Fouquet, nommé en 1652 surintendant des finances, qu'il rétablit par son seul crédit en engageant ses biens, fut arrêté en 1661. La déprédation des trésors de l'État, les dépenses énormes qu'il avait faites dans sa terre de Vaux, située à quelques lieues de Paris, en furent les causes apparentes; mais la véritable était celle que lui supposaient des ennemis, jaloux de sa faveur, d'avoir fait des tentatives sur le cœur de mademoiselle de La Vallière. Il fut condamné par un conseil, presque entièrement composé d'amis de Colbert, qui convoitait sa place, à un bannissement perpétuel; mais le roi commua la peine en le faisant enfermer au château de Pignerol, où il passa le reste de sa vie, qu'il termina à l'âge de soixante-cinq ans, le 23 mars 1680.

Pélisson-Fontanier, premier commis de Fouquet, et membre de l'Académie française, eut part à la disgrâce de ce ministre; il fut enfermé à la Bastille pendant quatre ans, au bout desquels le roi lui fit grâce en lui accordant une pension de deux mille écus, et en le nommant son historiographe. Parmi plusieurs autres personnages remarquables qui joignirent leurs vœux à ceux de La Fontaine et de Pélisson, on cite particulièrement le grand Condé, mademoiselle de Scudéry, madame de Sévigné, Saint-Évremond, Brébeuf, Pecquet, etc.; mais aucun n'eut le courage d'exprimer sa pensée comme notre célèbre fabuliste.

[2] *Elégie au surintendant Fouquet.*

Au malheureux Fouquet seule servant d'appui,
La plaintive Élégie, en pleurant sur sa trace,
Le suivit en exil pour gémir avec lui.
Puis aux nymphes de Vaux dit la muse immortelle :
« Vous dont il a rendu la demeure si belle,
« Nymphes, qui lui devez vos plus charmants appas,
« Si le long de vos bords Louis porte ses pas,
« Tâchez de l'adoucir, fléchissez son courage ;
« Il aime ses sujets, il est juste, il est sage.
« Du titre de clément rendez-le ambitieux :
« C'est par là que les rois sont semblables aux dieux.
« Du magnanime Henri qu'il contemple la vie :
« Dès qu'il put se venger il en perdit l'envie.
« Inspirez à Louis cette même douceur.
« La plus belle victoire est de vaincre son cœur. »
En relisant ces vers dictés par la douleur,
     Dans l'époque la plus lointaine,
     Comme à présent, l'œil attendri,
     On dira *le bon* La Fontaine,
     Comme l'on dit *le bon* Henri.

Ignorant ses bienfaits, dédaignant son langage,
     De l'Amitié si tel est le destin,
Que l'homme, tout entier aux troubles du jeune âge,
     Rende son pouvoir incertain,
     Patiente, prudente et sage,
Dans les cœurs apaisés se frayant un passage,
     Plus tard elle pénètre enfin,
Comme on voit l'arc d'Iris, dissipant le nuage,
Apparaître éclatant après un long orage ;

Et lorsqu'avec regret, au déclin de ses jours ,
L'homme voit s'éloigner les Plaisirs , les Amours.,
Dont le groupe léger avec le Temps s'envole,
    De ce départ qui le console
  Et dans son cœur vient affermir la paix?
  C'est l'Amitié, qui ne vieillit jamais.
    A son langage il s'accoutume ;
En lui ce sentiment règne seul désormais ;
Sa bouche le proclame, il excite sa plume,
De cette unique ardeur tout son cœur est atteint,
    Et c'est un flambeau qui s'allume
  A la pâleur d'un flambeau qui s'éteint.

§ II.

Mais plus dans nos chagrins, nos plaisirs, nos alarmes
    L'Amitié nous offre de charmes,
Plus par l'expérience et l'usage affermi,
Nous devons signaler le vrai, le faux ami ;
Et, comme on aperçoit sur la plaine liquide,
A l'angle d'un chemin qu'on voit se séparer,
Des phares, des jalons pour tenir lieu de guide
    Au voyageur qui pourrait s'égarer,
De même, et sans produire en son âme ravie
Un effet trop subit, et peut-être effrayant,
J'offrirai les conseils d'une épreuve suivie
    Au jeune homme assez confiant
Pour croire sans dangers la route de la vie :

Excepté les amis que le Ciel vous donna,
Et qu'à vous en naissant la nature enchaîna
Par des liens sacrés ; union fraternelle
Dont Castor et Pollux ont offert le modèle ;
    Excepté ceux qui, dès votre printemps,
Assis auprès de vous sur les bancs de l'étude,
Ont formé des liens resserrés par le temps ,
Et fait de vous chérir une douce habitude,
Ne cherchez point d'amis dans ceux en qui les ans
N'ont pas encor mûri la raison, le bon sens,
Ni chez ceux où l'ardeur d'une aveugle jeunesse
Semble seule occuper le présent, l'avenir,
       Et n'ont gardé le souvenir
Que des moments passés dans une folle ivresse.
Écoutez, écoutez, et mettez à profit
    Ce qu'avant moi, mieux que moi l'on a dit :
« Ce n'est pas l'amitié, c'est le plaisir qui lie
« Ceux que le même goût ou la même folie
« Fait, sous le nom d'amis, se voir, se fréquenter.
« Trop indignes du nom qu'ils osent emprunter ,
« Ils n'ont de l'amitié que la frivole image ;
« Et si de mes leçons ils veulent faire usage ,
« Il faut qu'un généreux, un noble et prompt effort
« Les arrache à l'ivresse où leur âme s'endort.
« L'amitié n'admet pas d'égarement coupable [1]. »

---

[1] L'abbé de Villiers, *Poëme sur l'Amitié.*
Voltaire a dit dans son quatrième discours :

    Pour les cœurs corrompus l'amitié n'est point faite.

L'amitié est une bienveillance réciproque qui rend deux êtres

D'après cette maxime, et lucide et palpable,
Un homme perverti n'est ami qu'à moitié.
Il n'est point sans vertus de solide amitié.
Et, malgré les progrès du beau siècle où nous sommes,
Combien est grand encor l'aveuglement des hommes !
   De l'amitié beaucoup semblent épris ;
Mais peu savent, hélas ! en connaître le prix.
Sans réciprocité doutez que l'on vous aime,
   « Il faut pour être aimé savoir aimer soi-même. »

N'appelez point ami, ce serait une erreur,
Celui qui froidement (mais, dit-il, *par prudence*),
   Ose souffrir qu'en votre absence
On blesse impunément vos droits ou votre honneur,
   Ou qui, sans émettre aucun doute,
   D'une oreille crédule écoute,
Propage *innocemment* et donne du crédit
   Au mal que de vous on a dit.
   Attendez, pour le bien connaître,
Que le temps ait sur lui mieux fixé votre esprit.
Un ami si *prudent* peut devenir un traître.

Je vais, dans le devoir que je me suis prescrit,
En montrant des amis les plus parfaits modèles,
Confondre et démasquer les amis infidèles.

également soigneux du bonheur l'un de l'autre ; égalité qui
s'établit et se conserve par la conformité des mœurs.   PLATON.

     C'est le hasard qui fait les frères,
     Et les vertus font les amis.
       PEZAY, *Epître à mon ami.*

N'appelez point ami ce riche somptueux,
Orgueilleux ignorant, avare fastueux,
Qui de l'ambition en son cœur allumée
    Voulant détourner la fumée,
Se signale en public par des traits généreux,
Que proclament soudain dans un style pompeux
    Les bouches de la Renommée.

Dans l'art de *recevoir* il craint peu de rivaux.
Les vins les plus exquis, les mets fins et nouveaux
Quand il traite les grands viennent couvrir sa table ;
Et les jours qui pour lui n'ont rien de profitable
Il fait jeûner ses gens ainsi que ses chevaux.
Pour un acte éclatant faut-il faire une offrande,
    De sa part elle est noble et grande ;
Pour un peuple irrité faut-il donner de l'or,
En homme généreux l'astucieux Mondor
Est inscrit le premier. Donne-t-on une fête,
Un spectacle au profit d'un artiste fameux,
    Pour s'y montrer rien ne l'arrête :
Il y court escorté par des flatteurs nombreux;
Il veut qu'au premier rang éclate sa présence,
Qu'aux yeux de tout Paris brille son opulence;
Et se dit, au milieu de sa félicité,
Protecteur des beaux-arts, des talents, du mérite.
    Mais chez ce Mécène hypocrite
    Qu'un ami dans l'adversité
Se présente, conduit par l'Honneur, l'Espérance,
Mondor, qui promptement voit la nécessité
De parler le premier, vers son ami s'avance,

Et dit, en lui prenant la main :
— Eh quoi ! c'est vous, mon cher, que le sort inhumain
Vient de si mal traiter !.... Affreuse circonstance !....
    A vos malheurs je prends bien part !
Mais ils nous frappent tous, *mon ami*, tôt ou tard,
Car chacun a les siens, hélas ! en ce bas monde....
Moi-même vous savez tout ce que j'ai souffert?
— Non vraiment. — Le bonheur à moi s'était offert,
    Ma fortune était assez ronde,
    Quand de fâcheux événements ,
Sur lesquels dès longtemps je garde le silence....
— Vous avez des chagrins ? — Ah ! dites des tourments.
De la prospérité je n'ai que l'apparence,
Et je suffis à peine à mes engagements.
Par un agent de change, et puis par ma famille
    Je fus horriblement froissé ;
    Je viens de marier ma fille ,
Et ce qui me restait dans sa dot a passé ;
Les biens-fonds ont perdu de leur valeur en France,
Les impôts sont ruineux, plus n'est de confiance....
—Il me semble pourtant... — Ah! mon cher, entre nous,
Reprend avec vigueur le somptueux avare ,
En ce moment le sort m'accable de ses coups :
    Jamais pour moi l'argent ne fut si rare ;
    Et je suis, avec quelque bien,
Plus à plaindre que vous, qui ne possédez rien.
Ainsi, lui laissant dire à peine deux paroles,
De peur qu'à son instance il ne faille céder
Mondor, par ses propos et lâches et frivoles,
Occupe son ami, qui, sans rien aborder

D'un secret qu'en son cœur il aime mieux garder,
De se rendre importun malignement s'excuse,
    Et s'échappe sans plus tarder,
    Craignant de se voir demander
    Le service qu'on lui refuse [1].

N'appelez point ami cet homme instigateur,
Qui, toujours inquiet, ardent réformateur,
Voulant du monde entier rétablir l'équilibre,

[1] Le fait qu'on va lire est un contraste frappant avec la conduite du financier Mondor, et de beaucoup d'autres qui lui ressemblent sous d'autres noms.

Voiture, l'un des beaux esprits du règne de Louis XIII, eut besoin de deux cents pistoles. Il écrivit en conséquence à l'abbé Costar, son fidèle ami, cette lettre curieuse :

« Je perdis hier au jeu tout mon argent, et deux cents pis-
« toles au-delà, que j'ai promis de rendre aujourd'hui. Si vous
« les avez, ne manquez pas de me les envoyer. Si vous ne les
« avez pas, empruntez-les. De quelque façon que ce soit il faut
« que vous me les prêtiez ; et gardez-vous bien qu'un autre vous
« enlève cette occasion de me faire plaisir : j'en serais fâché
« pour l'amour de vous. Comme je vous connais, vous auriez
« de la peine à vous en consoler. Afin d'éviter ce malheur, ven-
« dez plutôt ce que vous avez. Je prends un certain plaisir à
« en user de la sorte envers vous, et je sens bien que j'en aurais
« encore un bien plus grand si vous en usiez ainsi avec moi ;
« mais vous êtes un poltron ; jugez s'il ne faut pas que je
« m'assure bien de vous.... Je donnerai ma promesse à celui
« qui m'apportera votre argent. Bonjour. »

L'abbé Costar lui fit cette réponse : « J'ai une extrême joie
« d'être en état de vous rendre le petit service que vous exigez
« de moi. Jamais je n'eusse pensé qu'on eût tant de plaisir pour
« deux cents pistoles : après l'avoir éprouvé, je vous donne ma

Patriote ambulant, orateur éternel,
Tour à tour *absolu, modéré, fraternel,*
Proclamant ses avis du Niémen au Tibre,
Invite à l'esclavage ou prescrit d'être libre
Selon ses intérêts ou son goût personnel ;
Cet homme qui, tout fier de *sa* cause publique,
S'indigne si quelqu'un lui répond, lui réplique,
Ose dire tout haut ce qu'il fut, ce qu'il est,
Ce qu'il voudrait avoir et ce qui lui déplaît ;
Cet homme intolérant, mannequin dogmatique,
Qui, traitant l'amitié comme la politique,
Pour l'ami d'autrefois n'est plus rien aujourd'hui,
S'il ne pense, n'entend et ne voit comme lui ;
Cet homme, enfin, qui croit dans la France chérie
Pouvoir seul nous guider vers l'honneur, le bon sens,
Et seul nous indiquer l'autel de la patrie,
Comme s'il n'était pas des chemins différens
Pour aller à ses pieds déposer notre encens !
Ce grand rénovateur, tout à sa rêverie,
Dans le monde moral ne vivant qu'à moitié,
Ne connaît que de nom la céleste Amitié ;
L'insensibilité règne seule en son âme ;
Le désir du pouvoir est le seul qui l'enflamme,
Le seul qui, dans son cœur, n'ait jamais varié.

« parole que j'aurai toute ma vie un petit fonds tout prêt aux
« occasions que vous en aurez besoin... Ordonnez-moi donc
« hardiment ce qu'il vous plaira : vous ne sauriez prendre tant
« de plaisir à commander que j'en aurai à vous obéir ; mais,
« quelque soumis que je sois, je me révolterai si vous voulez
« m'obliger à prendre une promesse de vous. Je suis, etc.

Que par nos *exclusifs* ce langage s'explique.
Moi, bien plus tolérant, voici ce que je dis
A ceux que, dès longtemps, j'appelle mes amis :
Vantez, chantez, prônez vos goûts en politique ;
Soyez sous un royaume, empire ou république,
Franc *aristo, réac, démoc* ou *citoyen* [1] ;
     Si vous restez homme de bien,
Au maintien de la paix si votre cœur s'applique,
Dans vos choix vagabonds courez tous les hasards ;
Peu m'importe de qui vous vous disiez l'apôtre !
Que fait à l'amitié l'empire des Césars ?
A celui dont l'esprit n'est pas conforme au nôtre
Pourquoi donc imposer nos vœux comme une loi ?
Dans son opinion, s'il est de bonne foi,
Sachez la respecter en conservant la vôtre.

N'appelez point ami l'homme vain, orgueilleux,
    Au maintien fier, au regard louche,
   Qui, n'approuvant que lui seul en tous lieux,
Et n'ayant que son nom dans son cœur, à sa bouche,
Ne connaît de bonheur que celui qui le touche ;
Cet homme personnel, égoïste, absolu,
Qui n'a jamais assez, même du superflu,
Dont Harpagon forma les mœurs, les habitudes,
Et qui, dès son enfance, ennemi des succès,
Astucieux, jaloux, paresseux à l'excès,
Ne retint que deux mots de toutes ses études :
Ego dans le latin et *moi* dans le français.

[1] Ce qui veut dire aristocrate, réactionnaire, démocrate.

Cet homme, en qui l'honneur à peine trouve accès,
Et n'a, que pour son or, d'effrois, d'inquiétudes ;
Cet homme qui d'aucun ne se montra l'appui,
Traître comme Judas, avare comme lui,
Dont la cupidité tient de la perfidie,
Juge, en s'établissant point de comparaison,
Le nom d'ami si loin de la saine raison,
 Qu'il viendrait, d'une main hardie,
 Effrontément brûler votre maison
 Pour se chauffer à l'incendie[1] !

N'appelez point amis ceux qui, près du pouvoir
 Où les plaça l'intrigue ou la fortune,
  Osent souffrir, sans s'émouvoir,
  Que l'Amitié les importune,
Et qui, de la hauteur où l'orgueil les a mis,
 Dans une *audience opportune*
Laissent tomber ces mots sur leurs anciens amis :
  « Ah ! vous venez pour votre affaire !
  « Mais, mon cher, je n'ai rien pu faire.
« — Le ministre pourrait me donner un emploi,
« Et vous m'avez promis de lui parler pour moi ;
  « Car depuis longtemps, il me semble,
  « Qu'avec lui vous êtes fort bien.
  « — Il ne peut me refuser rien :
« Nous passâmes hier la matinée ensemble ;
  « J'avais dessein de lui parler de vous ;
« La conversation roula sur autre chose,

<hr>

[1] Expression de Chamfort.

« Et vous devinez, entre nous,
« Que je ne pouvais pas… — Mais… — Mais je me propose
    « Incessamment de le revoir.
« Lundi je dîne en ville, et suis pris tout le soir…
    « — Mardi ? — C'est la fête d'Hortense.
    « — Va pour mercredi. — Non, je pense
    « Que ce jour-là son excellence
« Ne reçoit point ; mais… juste, elle donne jeudi,
    « Pendant la nuit, une brillante fête
« Qui se prolongera jusques à vendredi.
    « Adieu, mon cher : j'ai là votre requête ;
    « Revenez me voir samedi. »

Vous attendez ce jour, cette heure fortunée ;
Vous comptez sur le zèle et les soins d'un ami,
Que votre cœur jamais ne servit à demi ;
Vous revenez le voir ; mais la place est donnée.
Un autre plus actif a décidé du choix.
« Obliger promptement c'est obliger deux fois. »
    Et c'est ainsi qu'un ami véritable
        Doit se montrer dans tous les temps.
        Mettant à profit les instans,
Toute difficulté lui paraît surmontable.
A tout moment du jour, à toute heure de nuit
Près des chefs du pouvoir l'Amitié le conduit.
    « Je demande, dit-il, dans son ardeur extrême,
    « Et comme une faveur accordée à moi-même,
    « Ce bienfait mérité, ce titre ou cet emploi
    « Pour un homme d'honneur que j'estime, que j'aime :
    « Je connais ses talents, ses mœurs, sa bonne foi,

« Et je réponds de lui comme de moi. »
A réussir tout son zèle s'attache ;
Ce qu'il veut il le veut ; il n'a point de relâche :
Il brusque *l'étiquette* et *l'instant opportun*...
Quand on veut obtenir, il faut être importun.
Il obtient ; et soudain, satisfait de l'apprendre
A l'ami de son cœur, il me semble l'entendre
Lui dire : « Sois heureux, ton malheur est dompté !
　« A vivre en paix tu peux encor prétendre.
« Allons, plus de soucis, recouvre ta gaîté.
« Les maux qui ne sont plus n'ont jamais existé... »
　　Et si, par un destin contraire,
　　　Son zèle fut infructueux,
　　A son ami, qui désespère,
　　　Du ton le plus affectueux,
Il montre un avenir plus riant, plus prospère,
Et l'ami malheureux croit ses maux soulagés.
Les chagrins sont moins grands quand ils sont partagés.

N'appelez point amis ces coureurs de visites,
　　Ces hypocrites doucereux,
Caméléons adroits, assidus parasites,
Qui ne viennent à vous que par amour pour eux,
Et qui, préconisant votre *cœur généreux*,
Louant toujours votre âme *et si pure et si belle*,
Pour que votre santé soit *durable, éternelle*
　Ne cessent de faire des vœux....
　Observez-les, ces amis si fidèles,
　　A vos dîners, à vos fêtes nouvelles,
　　　Et dans leurs souhaits si constans ;

Observez-les... Au moindre contre-temps,
   Au premier revers qui vous frappe,
   De vos salons chacun s'échappe ;
Mais lorsque les dangers paraissent moins instans,
Vous les revoyez tous empressés et contens.
   L'hiver chasse les hirondelles ;
   Elles reviennent au printemps.
   Faux amis, voilà vos modèles :
   Vous fuyez devant les autans.
   L'hiver s'enfuit, et le beau temps
   Vous ramène toujours comme elles [1].

Ces faux amis, enfin, qui, tour à tour,
Ont vu notre bonheur et connu notre gêne,
   Nous quittent bientôt sans retour.
« Ils souffrent, disent-ils, en voyant notre peine... »
   Mais ce n'est point la vérité.
Cette affectation de sensibilité,
   Cette douleur, si lâchement hardie,
N'est qu'un hommage vil que l'infidélité
   Rend à la perfidie....
« Fuyez, disait Germeuil, ces fourbes odieux,
   « Au cœur d'airain, à l'âme glaciale !
   « L'ingratitude est à mes yeux
   « Une banqueroute morale
« Qui devrait appeler la vengeance des cieux... »

[1] « Les amis sont souvent comme des oiseaux passagers, qui viennent à nous au printemps, et s'en retournent aux approches de l'hiver. » La Rochefoucauld.

§ III.

Loin de nous abuser par des promesses vaines,
Et dans son amitié toujours plus affermi,
Voici comment raisonne un véritable ami :
« Ma fortune, le sang qui coule dans mes veines
 « Sont au pouvoir de l'ami de mon cœur [1].

[1] On vient de voir un Grec se dévouant à la mort pour son ami ; voici un exemple d'un Français non moins admirable :

Châteauneuf, garde des sceaux sous Louis XIII, soupçonné de quelque intrigue contre l'État, ayant été arrêté, le chevalier de Jars, son intime *ami,* son confident, fut mis à la Bastille, et l'on s'efforça de tirer de lui le secret du coupable supposé. D'abord on essaya de l'éblouir par de belles promesses ; mais ce moyen n'ayant pu réussir, on employa, pour le faire parler, la crainte de la mort ; on lui fit son procès comme à un criminel ; et les juges, à qui l'on assura qu'on lui accorderait la grâce sur l'échafaud, le condamnèrent. Le généreux chevalier fut conduit au supplice : sa constance ne se démentit point dans cet affreux moment ; il semblait au contraire souffrir la mort avec satisfaction pour soutenir l'innocence de son *ami.* Quelque interrogation qu'on lui fît, il gardait toujours un silence profond, et, s'il le rompait, c'était pour attester le zèle et la fidélité de Châteauneuf pour son prince. Monté sur l'échafaud, et n'attendant que le coup mortel, le chevalier entend crier *grâce ! grâce !* Alors un juge s'approche, et, lui faisant valoir la clémence du roi, l'exhorte à révéler les desseins coupables du garde des sceaux. « Je vois, lui dit le chevalier, votre bas et « cruel artifice ; vous prétendez tirer avantage de la frayeur « que le péril de la mort peut m'avoir causée..... Connaissez « mieux vos gens. Je suis aussi maître de moi-même que je l'ai « jamais été. M. de Châteauneuf est un honnête homme, qui

« Si je souffre, il accourt, il prend part à mes peines ;

« Et moi je suis toujours heureux de son bonheur.

    « Dans le temple de Polymnie,

    « Chez Melpomène, chez Thalie,

    « S'il obtient un succès fameux,

    « Lorsque le laurier l'environne,

« Pendant que ses rivaux le critiquent entre eux,

« Ce n'est pas pour lui seul que le *vivat* résonne,

    « Ce n'est pas lui seul qu'on couronne.

    « On nous couronne tous les deux [1]. »

Voilà ceux qu'il faut voir, ceux qui dès leur jeunesse,

    Par leurs égards, leurs soins et leur tendresse

« toujours a bien servi le roi... » Richelieu, auteur de la disgrâce de Châteauneuf, eût souhaité, sans doute, au milieu de sa fortune, d'avoir un pareil *ami*.

[1] Ce passage est imité d'un ancien auteur dont j'ignore le nom. La Bruyère a dit : « L'amitié doit se contracter à frais communs. C'est une union de biens et de maux, une société de pertes et de gains, un commerce de dangers et de bonnes fortunes. »

Panard a dit à peu près la même chose :

> Lorsqu'un événement funeste
> Livre notre âme à la douleur,
> Pour nous marquer sa vive ardeur,
> Le bon ami ne fait qu'un geste
> Qui part de la bourse et du cœur.

Et avant Panard on lisait dans la fable des *Deux Amis*, du bon La Fontaine :

> Qu'un ami véritable est une douce chose !
> Il cherche vos besoins au fond de votre cœur :
> Il vous épargne la pudeur
> De les lui découvrir vous-même.
> Un songe, un rien, tout lui fait peur
> Quand il s'agit de ce qu'il aime.

L'amitié de Racine et de Despréaux nous fournit le trait suivant, d'autant plus digne d'éloges, que leur union aussi constante est un phénomène parmi les hommes d'un génie supé-

Ont tenu près de vous tout ce qu'ils ont promis.

    Conservez-les pour charmer la tristesse,

      Pour consoler votre vieillesse.

  A soixante ans on ne fait plus d'amis.

Vous préserve le ciel, clément et secourable,

Du destin de Germeuil, sous vos yeux déjà mis,

    Riche célibataire aimable,

    Entouré d'*intimes soumis*,

Et par eux délaissé quand il fut misérable.

On ne se souvint plus des festins qu'il donna,

De son cœur généreux, de son âme si belle,

    La Fortune l'abandonna,

Et tous, hormis son chien, s'enfuirent avec elle....

  « O toi, lui dit Germeuil, sans en être étonné :

      « O toi, qui m'es resté fidèle

      « Quand ils m'ont tous abandonné !

      « De l'amitié, parfait modèle,

      « Seul ami de l'infortuné ;

rieur, ordinairement divisés par une rivalité funeste. Lorsque Racine fut persuadé que sa maladie était mortelle, il chargea son fils aîné d'écrire une lettre au payeur des pensions de l'État, pour le prier de faire rentrer ce qui lui était dû d'arriéré, afin de laisser quelque argent comptant à sa famille. Le jeune homme fit la lettre et vint la lire à son père. « Pourquoi, lui « dit-il, ne demandez-vous pas aussi les arrérages de la pen- « sion de Boileau? Il ne faut pas nous séparer. Recommencez « votre lettre, et faites connaître à Boileau que j'ai été son « ami jusqu'à la mort. » Lorsqu'il lui fit son dernier adieu, il se leva sur son lit, autant que son extrême faiblesse pouvait le lui permettre, et lui dit en l'embrassant : « Je regarde comme un bonheur pour moi de mourir avant vous. »

« Tu viens quand ma douleur t'appelle,
    « Et me consoles d'être né ! »
Fier d'aimer en effet, de le faire connaître,
    Ce digne ami, satisfait de son sort,
        Chérit Germeuil jusqu'à la mort,
Et quand de sa demeure il le vit disparaître,
Suivant d'un air pensif le modeste cercueil,
Il fut tout le convoi, composa tout le deuil :
        Tout seul enfin plaignant son maître,
Jusqu'au champ du repos Médor suivit Germeuil.
    Là, par des pleurs qu'on lui voyait répandre,
Par de longs hurlements excitant la pitié,
    Tout seul encore il s'efforça de rendre
        Les devoirs dus à l'amitié ;
Et quand il vit le jour, épuisant sa lumière,
        Tout près de finir sa carrière,
S'approchant de l'asile où Germeuil reposait,
        On eût pu croire qu'il disait :
        Bonsoir, maître : la nuit tombe,
Gardien m'entend : il vient me chasser de ce lieu :
Moi m'en vais ; mais demain reviendrai sur ta tombe
Gratter, fouiller bien bas pour te redire adieu....
        Le pinceau d'un artiste habile [1]
    A retracé ce tableau de douleur
Pour donner aux ingrats une leçon utile
        Et pour consoler le malheur....

    Vous qu'ici-bas nul ne regrette,
Parvenus insolents, enviez ce cercueil !...

[1] M. Vigneron.

Vous mourrez tout entiers.... A la tombe muette
   Que fait votre nom, votre orgueil?
   Quand l'abîme éternel s'entr'ouvre
   Vous croulez avec vos grandeurs,
   Et le marbre froid qui vous couvre
   N'est point réchauffé par des pleurs!...

Seize lustres m'ont vu, sans haine et sans envie,
Parcourir franchement l'espace de la vie,
Souvent rempli d'écueils et d'obstacles nombreux,
Par quelques vrais amis rendus moins dangereux.
   J'ai jugé par l'expérience
Ce rare dévoûment, pour moi d'un si grand prix ,
Et plus de l'Amitié la divine puissance
A consolé mon cœur, ranimé mes esprits,
Plus j'ai dû, sans nulle indulgence,
   Ainsi que je l'avais promis,
Exposer au grand jour les traits des faux amis.

Faisons de ces pervers une étude profonde,
Conservons le bonheur qu'on éprouve en aimant,
   Et gardons-nous bien en ce monde
De devenir ami comme on devient amant.
Aux malheureux dont l'âme est inerte, assoupie,
Dont le cœur aux plaisirs fut tout sacrifié,
   Contentons-nous de dire avec pitié :
   Il n'est point de Dieu pour l'impie,
Et pour l'être insensible il n'est point d'amitié.

FIN.

Imprimerie de Gustave Gratiot, 11, rue de la Monnaie.